續宋本叢書

宋刻

友林乙稿（外二種）

上

〔宋〕史彌寧 撰

广西师范大学出版社
GUANGXI NORMAL UNIVERSITY PRESS
·桂林·

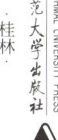

宋刻《友林乙稿》（外二種）
SONG KE YOULIN YIGAO （WAI ER ZHONG）

圖書在版編目（CIP）數據

宋刻《友林乙稿》：外二種：繁體：全三册 /（宋）史彌寧撰. -- 影印本. --桂林：廣西師範大學出版社，2022.6
（續宋本叢書）
ISBN 978-7-5598-4849-9

Ⅰ. ①宋… Ⅱ. ①史… Ⅲ. ①宋詩一詩集 Ⅳ. ①I222.744

中國版本圖書館 CIP 數據核字（2022）第 046673 號

廣西師範大學出版社出版發行
（廣西桂林市五里店路 9 號　郵政編碼：541004
網址：http://www.bbtpress.com）
出版人：黄軒莊
全國新華書店經銷
三河弘翰印務有限公司印刷
（河北省三河市黄土莊鎮二百户村北　郵政編碼：065200）
開本：889 mm × 1 194 mm　1/16
印張：51.75　　字數：410 千
2022 年 6 月第 1 版　　2022 年 6 月第 1 次印刷
定價：2280.00 元（上、中、下）

出版説明

本書爲『續宋本叢書』之一種，彙集國家圖書館藏宋刻本，清影宋刻本、影宋抄本《友林乙稿》各一部，以及三種版本的逐行割裱對照圖。

先介紹宋刻本的情况。

《友林乙稿》一卷，宋史彌寧撰，宋嘉定刻本。清顧蒓題籤，袁克文、李盛鐸跋，陳延韡、高世異、徐森玉、徐世翔題款。開本高二十六點六釐米，寬十六點六釐米；版框高二十一點一釐米，寬十四點二釐米。每半葉八行，行十六字，白口，左右雙邊。册頁裝。

史彌寧，生卒年不詳。據趙希弁《讀書附志》著録：《友林詩稿》二卷，『史彌寧安卿之詩也。……安卿，嘉定中以國子舍生之望蒞春坊事，帶閤門宣贊舍人，知邵陽。』《友林乙稿》（以下簡稱《乙稿》）共收詩一百八十首，其中《鄭

中卿惠蝤蛑》《荷恩堂》《邵陽郡圃梅坡》《丁丑歲中秋日劭農於城南得五絶句》《和邵陽張茂才青蓮花韻》《邵陽界上同友人山行》等多首，係在邵陽所作。《乙稿》爲世人所重並非其詩，實得益於精湛的寫刻藝術。最早提及此事的是清代著名藏書家黄丕烈。

黄丕烈一生閲書無數，且有强烈的佞宋情結，他對宋版書中寫刻藝術評價最高的就是《乙稿》。《百宋一廛賦注》云：『史彌寧《友林乙稿》一卷，每半葉八行，每行十六字。予又有覆本，行字相同，《潛揅堂題跋》中在都門所見，即覆本耳。真本流麗娟秀，兼饒古雅之趣，在宋槧中别有風神，未容後來摹倣也。予跋之，目爲逸品。』《百宋一廛書録》亦謂《友林乙稿》『字體華麗，有娟秀之態，又爲宋刻中之逸品，不多見也』。

確實，《友林乙稿》字大行稀、版面疏朗，行楷風格的字體如行雲流水，揮灑自如，毫無一般雕版書的匠氣。宋刻本從它誕生的那一天起，無論書寫者的水準有多高，刻工都有表現的機會，宋版書的藝術特徵，是由書寫者和雕版者共同完成的。然而，《乙稿》却打破慣例，雕版者試圖消除自身的痕迹，呈現給世人一幅幅原汁原味的墨迹，因此達到了更高境界。雕版書起源於石刻。石刻是陰文，雕版是陽文，從加工的角度看，後者的難度更大。《乙稿》在字體較大，筆劃纖細的情况下，保持了比較純粹的書法味道，筆鋒若隱若現，雕刻者的技藝可謂爐火純青。與《乙稿》寫刻藝術價值一樣，引起古籍版本界關注的，還有該書的卷帙存佚問題。

藏這部所謂宋刻本，也是清影宋刻本，祇不過被人動了手脚，以假充真，遮蔽了黄氏的眼目，定成了宋本。……至此，似乎可以這樣説，《友林乙稿》已無宋本傳世，傳世者皆清影宋刻本，故選以影印，以留其迹。』我以爲，李先生所舉事例，尚不足以推翻《乙稿》宋刻本的認定。

首先，所謂『黄氏已經發現了疑點』的『疑點』，祇是以殘充全而已。他從未懷疑過《乙稿》的版本，否則就不會贊譽它『在宋槧中别有風神，未容後來摹倣也，予跋之，目爲逸品』了。

其次，説此書『書葉的用紙，天頭地脚與版心並不一致，書眉用紙是以舊紙接補上去的，以示陳舊，亂人眼目』，亦有問題。古書書葉陳舊變黄，主要是與空氣接觸後酸化的結果。一般的規律是，綫裝書書口及天頭地脚，每册書的前幾葉，接觸空氣較多，容易陳舊。再有就是綫裝書書口本有摺痕，且經常用手翻葉觸摸，更易發黄，甚至破損。我們檢視一下此本即可發現，前兩葉葉面整體發黄；又，此書曾爲包背裝或綫裝，書口外露，故全書書口部分的紙色普遍比其他部分更黄且舊，與古書的蜕變規律相符，這些特徵顯然不是後人做手脚的結果。

再有，本書不計後人題跋共五十七葉，减去目録前後補抄的一葉半，餘五十五葉半。經復核，凡天頭（包括李先生所謂『書眉』）顔色更深，涉嫌『以舊紙接補』的有目録第二至第九葉，正文第二十三、二十七、二十八、三十一至三十九葉，共二十葉，僅占全書的少半。其他葉面的天頭，有些紙色比版心的還淺，且新，例如正文第二至九葉，十三至十九葉等，

百餘年來，《乙稿》被詮釋爲二卷本《友林詩稿》的卷二，缺失了第一卷《甲稿》。最早提出此觀點的也是黃丕烈，《百宋一廛賦注》曰：『又考趙希弁《讀書附志》，云《友林詩稿》二卷，有黃景説、曾丰序。今詩既一卷，又無此序，佚其《甲稿》無疑矣。』近人李盛鐸一九一五年九月十四日在《乙稿》書後作跋曰：『《史安卿詩集》，《宋・藝文志》不著録，意當時必甲、乙稿合刻，不止百七十首。以乙稿僅存，賈人乃刮去跋中數目字，僞作損狀。墨筆改填「百七十首」，冀充完帙。又移跋作序，遂不得不撤棄末葉，致跋者姓氏、年月都不得傳。』張元濟在《寶禮堂宋本書録》中補充道：『《郡齋讀書志》趙希弁《附志》稱：「安卿，嘉定中以國子舍生之望涖春坊事，帶閤門宣贊舍人，知邵陽。」蓋作是詩時之職也。希弁《附志》「《友林詩稿》二卷」，必爲甲、乙二稿，甲佚而乙存。作僞者欲以殘帙而充完本，故截去原跋，後幅移作序言，又毀去目録首尾兩半葉別爲影補，以泯其迹，致刊版年月無考。跋文僅題一「域」字，姓氏不全，殊可惋惜。』

以上觀點頗有道理，但令人不解的是，趙希弁根據已藏之書增補《郡齋讀書志》，怎會在《讀書附志》中衹提到《乙稿》黃、曾二序，而把詳記該書編輯、刊刻情況的跋及其作者『域』，遺忘了呢？

至二十一世紀初，李致忠先生在《中華再造善本總目提要》中，又對《乙稿》的版本提出了顛覆性意見，謂：『黃氏已經發現了疑點，未知何故，亦未深究。其實此本還有很多可疑之處。如書葉的用紙，天頭地脚與版心並不一致，書眉用紙是以舊紙接補上去的，以示陳舊，亂人眼目。今中國國家圖書館藏有三部清影宋刻本此書，取之核對，就看出了黃氏原

尤其是最後一葉的上半葉，天頭似乎是有意接補的新紙，顔色很淺。綜上，《乙稿》雖因書葉破損曾經接補過，但以此便定性爲『以示陳舊，亂人眼目』，恐證據不足。從本書的紙張情況看，明顯比其他幾種影刻及影抄本陳舊，尤其書口部分；墨色亦發灰且斑駁、脱落，比『楮墨精良』的影刻本老舊得多。古籍的紙張（不算接補者）及墨色，是年代洗禮的結果，人爲干預的難度極大，且容易露出破綻。

另外，《乙稿》移跋作序的目的也是以殘充全。對此，李盛鐸先生是認同的，並認爲書賈此種做法，與一些藏書家對舊書過於苛求不無關係。他説：『《史安卿詩集》……又移跋作序，遂不得不撤棄末葉，致跋者姓氏、年月都不得傳。此固賈人之過，亦自來求書者斤斤較量完缺、有序無序之過也。』（宋本《友林乙稿》李盛鐸跋）

關於《乙稿》的刊刻年代，《北京圖書館古籍善本書目》《中國古籍善本書目》均著録爲『宋嘉定刻本』。李致忠先生參照書前跋文給出了具體的時間，謂：『序中所稱甲午，當是淳熙元年（一一七四），後四十年，當是嘉定七年（一二一四）。這時鄭域應當已是六十多歲，纔在湘南邵陽親炙春坊史彌寧，掇拾友林詩稿，編輯成册，並命工鋟梓。可證此書當在南宋寧宗嘉定六或七年由鄭域所編刊。前引《讀書附志》已謂史彌寧於嘉定中以春坊知邵陽。邵陽爲湖南屬縣，鄭序中所謂「墮影湘南，乃得親炙春坊」即指此，故此書之版行當在湖南。綜合上述所有材料，此書之初刻當爲南宋嘉定七年鄭域湖南邵陽刻本。』（《中華再造善本總目・友林乙稿》提要）

李先生的推論顯然有誤。嘉定七年域方與史彌寧相見，當年不可能『編輯成册，並命工鋟梓』。域跋明言『凡兩霜侍席』（兩年伴隨）後，纔『掇拾友林詩稿，得百七十首』；又經歷『士争借録』的時日，纔命工鋟之。故刊刻肯定不是嘉定七年之事。又，《乙稿》所收《丁丑歲中秋日劭農於城南得五絶句》，丁丑爲宋寧宗嘉定十年（一二一七）。據此，《乙稿》之刊刻至少在嘉定十年之後了。

黄氏書散出後，《乙稿》歸汪士鐘藝芸書舍。民國乙卯（一九一五）傅增湘『爲袁寒雲克文購得於廠市英古齋』（《藏園群書經眼録》卷十四）。袁氏藏書後多歸南海潘宗周寶禮堂。二十世紀五十年代，潘氏將藏書捐獻國家，《乙稿》隨之入藏國家圖書館。袁克文藏《乙稿》時間雖不長，却很下了一番整理的功夫，除附在書中的數篇題跋外，又作提要一篇，考證頗詳（《寒雲手寫所藏宋本提要廿九種》）：

> 《友林乙稿》一卷，宋刊宋印，一册。宋史彌寧撰。次行標『四明史彌寧』，上鈐『三男』朱文方印。色澤古淡，當係史之後嗣刊書者之印。『寧』字缺筆，避其家諱。此書當時必有甲稿，久經散失，後人移跋作序，且剔改跋中『百七十首』及『之脱稿竊』八字，冒爲完帙，明時即本此覆刊。目録缺首半葉，又尾一葉。
>
> 半葉八行，行十六字。跋半葉七行，行十四字。白口，左右雙闌。板心上端標字數，次標『友乙』二字，或『乙』字。
>
> 刻工：李口、發、楫、晟、李春、之先、春、先、之。

缺諱：弦、㕡、絃、泫、玄、頳。

藏印：『宋本』『三十五峯園主人』『汪文琛印』『士鐘』『閬源父』上五印在跋前；『開卷一樂』『汪士鐘讀書』『天錫玫藏』『三男』上四印在卷首；『弌真子』『心銘』上二印在卷尾；『杭州譚儀中儀父』此印在坿葉；『非☷子』『[illegible]』上印在目中；『龔氏藏書』在目尾；卷尾題詩曰：『幽居築翠微，晝日與雲依。自是塵寰遠，無人質是非。』前題『山家』二字，上鈐『履仲子』白文印，詩後鈐『中素』『中素』『學古』三白文印。此詩書法與予藏郭天錫題畫字同，卷首有『天錫玫藏』印，蓋即郭氏手筆。册首顧蒓署籤文曰『友林乙稿，宋刊，顧蒓題籤』，下鈐『南雅手書』小印。

《友林乙稿》爲百宋一廛故物，字體仿褚、薛，雋麗飛舞，別有丰神。

《提要》謂《乙稿》係史彌寧後人刊刻，『「寧」字缺筆，避其家諱』，恐證據不足。《乙稿》係域編輯、鋟刻已成定論，『寧』字缺筆乃域所爲。域撰跋文，對史浩、史彌寧叔侄敬重之極，僅以封號、官職『太師文惠魏王』和『春坊領閣公』稱之，並於『掇拾友林詩稿』『友林』前空一字。如此，『寧』字缺筆，豈不順理成章。

接下來介紹清影宋刻本《友林乙稿》。

影宋刻本《友林乙稿》，開本高三十點七釐米，寬十八點三釐米；版框高二十點六釐米，寬十四點五釐米。綫裝。先後爲袁克文、方地山、周叔弢收藏。袁克文曾應周叔弢之請，於書前題跋一篇，曰：『此明覆宋本，昔歲得于海王邨。既

得宋刊原本，即舉此以貽大方師。今師又歸諸叔弢。時己巳（一九二九）冬月，洹上袁克文。』二十世紀五十年代初，此書隨周叔弢先生捐獻的數百種古籍善本，庋藏於國家圖書館。

宋本《友林乙稿》極具特色的藝術特徵，抬高了影刻的門檻：影刻者首先要逼真地將原書文字謄寫下來，再由技術高超的刻工雕版完成，其難度超過了原刻。然而，距宋三四百年之後的清代，那些名不見經傳的寫手、刻工，近乎完美地覆刻出了《友林乙稿》，並且不止一兩個版本。李盛鐸民國乙卯（一九一五）在宋本《友林乙稿》跋中，高度肯定了影刻本，謂其『亦虎賁中郎，精整可愛』。勞健也在此影刻本中題跋道：影刻『各家皆著録爲宋刊，蓋其雕槧精審，極影摹能事，益以楮墨之美，幾可亂真也。』那麽，《友林乙稿》的影刻者，是如何做到這一點的？首先與謄寫的方式有關，這也正好印證了我一貫的主張，多數影宋刻本並非覆紙摹寫，而是臨寫製作的。

從歷史傳承的角度看，明清的影宋刻本來源於唐宋時期的碑帖摹拓工藝。摹拓又有臨、摹之分，宋代因臨寫工藝的迅猛發展，作品日益增多，便有學者專門研究並發表了十分精到的見解。張世南在《游宦紀聞》中論述臨與摹的區别時説：『今人皆謂臨摹爲一體，殊不知臨之與摹，迥然不同。臨謂置紙在旁，觀其大小濃淡形勢而學之，若臨淵之臨。摹謂以薄紙覆上，隨其曲折宛轉用筆，曰摹。』南宋姜夔《續書譜》，總結臨與摹各自的優缺點時説：『臨書易失古人位置，而多得古人筆意；摹書易得古人位置，而多失古人筆意。』其大意爲，臨寫的文字保留了底本原有的精氣神（筆意），但字形

（位置）差別較大，摹寫的文字雖顯呆板，字形與底本却非常接近。其實，臨書未必會失去『位置』，摹書肯定要丢掉『筆意』。因爲前者的書寫方式符合一氣呵成的書法規範，後者則背道而馳。臨寫者祇要技藝純熟，便可取得形神俱佳的效果。清人影刻《友林乙稿》，便生動地證明了這一點。

分別觀看宋刻本與影刻本，其藝術魅力幾乎相等，都具有强烈的視覺衝擊力。放在一起逐行對照就會發現，影刻本刻意摹仿宋本的痕迹非常明顯，並保留了部分摹寫者的書寫風格。這也正好説明影刻本是認真揣摩宋本，『觀其大小濃淡形勢』後，一揮而就的，整體效果與亦步亦趨的覆紙摹寫，不可同日而語。更爲重要的是，通過對比圖可以看出，宋刻與影刻的字體大小、字距均不相同，根本不可能是覆紙摹寫的。從整體上看，影刻本筆劃過於纖細，提按轉折之處略顯生硬，比宋刻本要稍遜一籌。這正應了黄丕烈所説，『真本流麗娟秀，兼饒古雅之趣，在宋槧中別有風神，未容後來摹倣也』。

再説清影宋抄本。

影宋抄本《友林乙稿》，開本高二十七點五釐米，寬十八點一釐米，無版框欄綫。綫裝。從紙張墨色分析，此書年代晚於上述影刻本。影抄本相對於影刻本來説，少了刻版和刷印兩道工序，成書的難度小了不少，因此數量比影刻本多得多。影抄本的仿真度不如影刻本，因刻版自有其特殊的雕鑿痕迹，與書寫的筆迹是有區別的。影抄本由於工藝相對簡單，成書易，參與者較多，不免隨意性大增，例如清影元抄本《國朝名臣事略》字體字形獨樹一幟，與原書相去甚遠，大概行款不

錯，文字內容照舊即可。明末著名藏書家、出版家毛晉，曾影抄宋版書數十部，對質量要求極高，但晚年遭遇戰亂，抄書高手難覓，影抄殘宋本《杜工部集》時，衹得以『蒼頭』劉臣操筆爲之。後毛晉將此影寫本《杜集》授予其子毛扆時囑咐道：『其筆畫雖不工，然從宋本抄出者。今世行《杜集》不可以計數，要必以此本爲祖也，汝其識之。』毛晉以爲，影抄之『不工』並不影響其『從宋本抄出者』的價值。其實抄書衹要按照原書的行款抄寫，就不容易出錯，故不少明清抄本雖未注明影宋，亦實爲影宋抄本，如清抄本《王黃州小畜集》、明抄本《外臺秘要方》等。此影宋抄本《友林乙稿》書寫率意而爲，字形仿真度遠不如影刻本，但相對其他明清影宋抄本，已是相當不錯了。

最後談談製作宋刻、影刻、影抄本對照圖的目的。

目的之一，逐行逐字對照，可以客觀準確地判斷出影刻和影抄本是否爲覆紙摹寫。傳統的觀念，甚至有關行業的《標準》，說到影刻、影抄本底本取樣的方法時，均謂『依據某一底本覆紙影摹其圖文及版式』。既然是覆紙影摹，底本與摹本的文字大小、位置應該基本一致。這與南宋姜夔《續書譜》所說『摹書易得古人位置，而多失古人筆意』的論斷相符。對照圖給出的結論是：宋本與影刻、影抄本的文字大小和字距相差較大，影刻、影抄本《友林乙稿》並非覆紙影摹而爲。

目的之二，逐行逐字對照可以清楚地看出，影刻、影抄本刻意模仿之痕迹明顯，孰是原本孰是仿本一目瞭然。

目的之三，逐行逐字對照，三種本子的紙張、墨色差別顯現無遺。紙色灰中泛紅，爲宋版書典型的一種特徵，這是我多年從事古籍影印得出的經驗。二〇〇〇年前後，國家圖書館出版社彩印了大量宋刻本，清樣經常偏紅並且難以消除。爲此，我和印刷廠技師將清樣携至善本部核對原書，發現某些宋本書書葉確實泛着紅色。又，對比之下，宋本《乙稿》的墨色較淺，斑駁，年代明顯早於清影刻、影抄本。

此次影印，採用古書册頁裝結合現代精裝的裝幀方式。這樣做的原因是：綫裝書翻開後，右側爲雙頁碼，是筒子葉的下半葉；左側單頁碼，是筒子葉的上半葉，這種模式與現代精裝書一致。宋刻本《乙稿》爲册頁裝，翻開後呈現的是一幅完整的筒子葉，如若做成精裝，要將筒子葉切開分置於一頁的前後，不但改變了原有的閱讀模式，更重要的是，該書本就模糊不清的中縫字，一分爲二後將更難辨識。所以宋本仍保留册頁裝，再裹以硬面書皮，外觀類似現代精裝，既保留了原書特徵，又使三册書外觀一致、美觀，便於插架存放。

對於此類打開後呈現筒子葉的書，以往的著述多稱之爲内葉『蝴蝶裝』。這固然没錯，却不够嚴謹，因爲經摺裝和册頁裝古籍翻開後，同樣是完整的筒子葉。在表像相同的情况下如何稱呼，就要根據該書實際的裝訂方式而定，不應一概稱之爲蝴蝶裝。

徐蜀

二〇二一年十二月

總目録

文林乙稿 宋刊

顧[illegible]題

後百宋一廛續收

後百宋一廛藏宋刊

孤本尋林之藁一卷

丙辰十月朔日

寒雲

蹟文林之逸品儗聲價於吉光此百宋一廛賦中語
也黄蕘翁注謂真本流麗娟秀並饒古雅之趣在宋
槧中别有風神未容後来摹倣也余跋之目為逸品
云云百宋一廛書録又謂序文似不全并多描寫字
首尾多鈔補半葉以詩證之當是全本登雁峯一首
割去九字以素紙補空未知何故而尚有天錫收藏
印卷末有學古一印審是元人圖章云云觀此則此
書雖無蕘翁跋印其為士禮居舊物無疑矣他惟皕
宋陸氏有此書已歸海外惜哉乙卯七月十三日寒雲

甘泉鄉人藁云友林乙藁余舊藏明刻摹宋本甚精閒吳門黃氏有宋版惜未寓目今在汪閬源家蓋士禮秘籍多歸藝芸此其一也同日寒雲又記

曾讀儀顧題跋以其友林乙藁即黃氏故物深為惋惜比得此冊頗疑之及觀此序至掇拾友林詩藁云云其百七十首四字係剜去補填原刊當是與甲藁同序後因佚去故改其序字以就乙藁覆刻者即據以付梓可知而宋刻之傳世入明即已無多至清則恐人間無第二本矣皕宋書目所錄之文與此本同想亦覆刻本也結一廬書目亦有此書注為宋刊亦覆刻無疑蓋覆刻精足若未見真本處莫辨其真偽況陸氏朱氏皆耳食者流已隨晚近藏家之風為其眩也宜哉 二十六日又記於清涼山下 寒雲

歲在乾道之癸巳

太師文惠魏王先生帥閩域以庠序

諸生蒙眄睞寵甚侍立函丈飽聆博

約詩埒黃陳詞轢晁晏作文單字贍

炙士林域時年二十有一於甲午僭

賡燈夕所和寶鼎現詞以獻最沐稱

賞　先生今在天爲修文郎久矣泫

沄人間無復聲容不自意後四十年
墮影湘南乃得親炙
春坊領閣公之幕下摛文琢句追古
作者惟其有之是以似之郁然伯父
風烈典刑固存凡兩霜侍席掇拾
友林詩稾得百七十首明作莫傳士
爭借録腕爲之脫稾擬命工鋟之

友林乙藁目録

數點因賦

送伍啓之赴嚴陵比較務

南湖靜寄

夏日小酌

火雲

寄屈英發

東湖汎舟

詩驕

張氏溪館

春宵

疇黃雲夫用所寄詩卷中韻

寄雲夫

維則菴追涼題月湖屏閒詩後

送鄔文伯

江亭晚思 二首

鄭中卿惠蝤蛑

翟簿示似中秋高作命意著語殆與

商素爭清讀至人與月忘年之句

不覺擊節借五言爲韻賦詩荅謝

按圖志去城而南有巖曰金紫昔蕭

千巖擅一世詩聲乾道間嘗寓家

郡之西湖意其必有題詠鑱之崖

壁一日訪之則了無所睹方重爲

此巖太息而別乘示似佳篇勉之

著語以紀其勝賦五十六字

題清湘管善甫青雲樓

晴江觀鴨

啜茗

秋蘭三絶

簷滴

陸放翁畫像

評詩

六亭爲邵陽登覽之勝識其名於千
巖之詩稔矣迺今僅存其一方欲
次第尋訪㠯仍舊貫不謂薄領淂
我心之所同然春容大篇率先作
倡而令君和章亦復繼至閱免賡
酢用肩吾人相與祈成之意

僧窻

賦鴈

通守黄子説解印造朝之日江梅輒

花天其或者以相行色耶取風人

託物之義賦詩餞别致繾綣意

登鴈峯

溪橋

絶湖

讀楚騷

郡圃紅白蓮競放斐然短歌呈似席

間諸丈

題湘西廖次高水南真趣

王令君惠示用少陵韻奉和

題臨川晏子直百花林

寄慥齋弟

繡衣行送趙道中寺丞

賦桂隱用王從周鎬韻

次韻陳蕊明五絶句

次韻王令君禱雨用杜草堂韻

邵陽郡圃梅坡

和黃倅懷歸

題蕭氏竹坡

讀千巖續藁

丁丑歲中秋日劭農於城南得五絕句

送武岡法曹江叔文

再次王宰翟簿喜雨聯句韻
妙峯亭晚望
次韻黃貳車三絶句
賦棲真觀月季
六亭
詩禪
吟天
東林雲上人見過

西風

木犀

觀畫

次鄔文伯城南夜歸韻

送陳法曹文卿兼柬松窻

偶述

送蘇道士

懷歸

訪孤山
霜柳
燈夕
老境
再入湖南境
暑夕汎月次王令君韻
無詩
周晦叔所宅之左一坡隱然而高有

竹萬箇架小軒於翠霧蒼雪間日
彈琴讀書其下軒外鳴泉淸駛若
與弦誦之聲相答愛其境勝爲賦
一絶

浮駿

書蘇道士江行圖後

有惠廬山圖者

香澗老子示似玉林首倡極道竹溪

宴月之樂玉林勉以屬和

梵琮師以詩惠茶筍

又次韻楊梅三絶句

和翟主簿

催花

看李成畫

木犀重開

曉發嚴瀨舟中和戴叔振韻

參政宣獻樓公挽歌辭
庵居
伊誰
和叔振曉上梅坡小亭
六亭宴雪
喜閑
紙帳
十里

再賦晏子直一百花林

溪流

弔湘纍

夜窻書事

送鄔文伯歸侍臨川 二首

楚望

邵陽界上同友人山行

醴陵道上飲別故人被酒困坐竹輿

因賦

友林乙藁目録

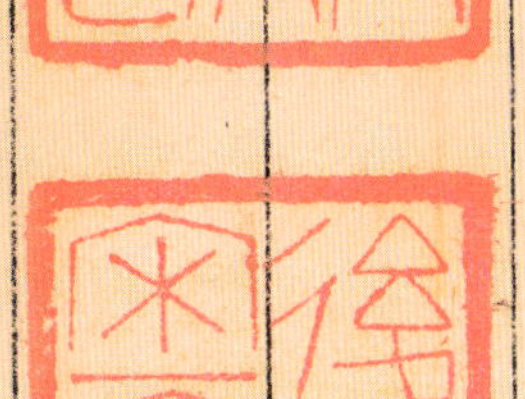

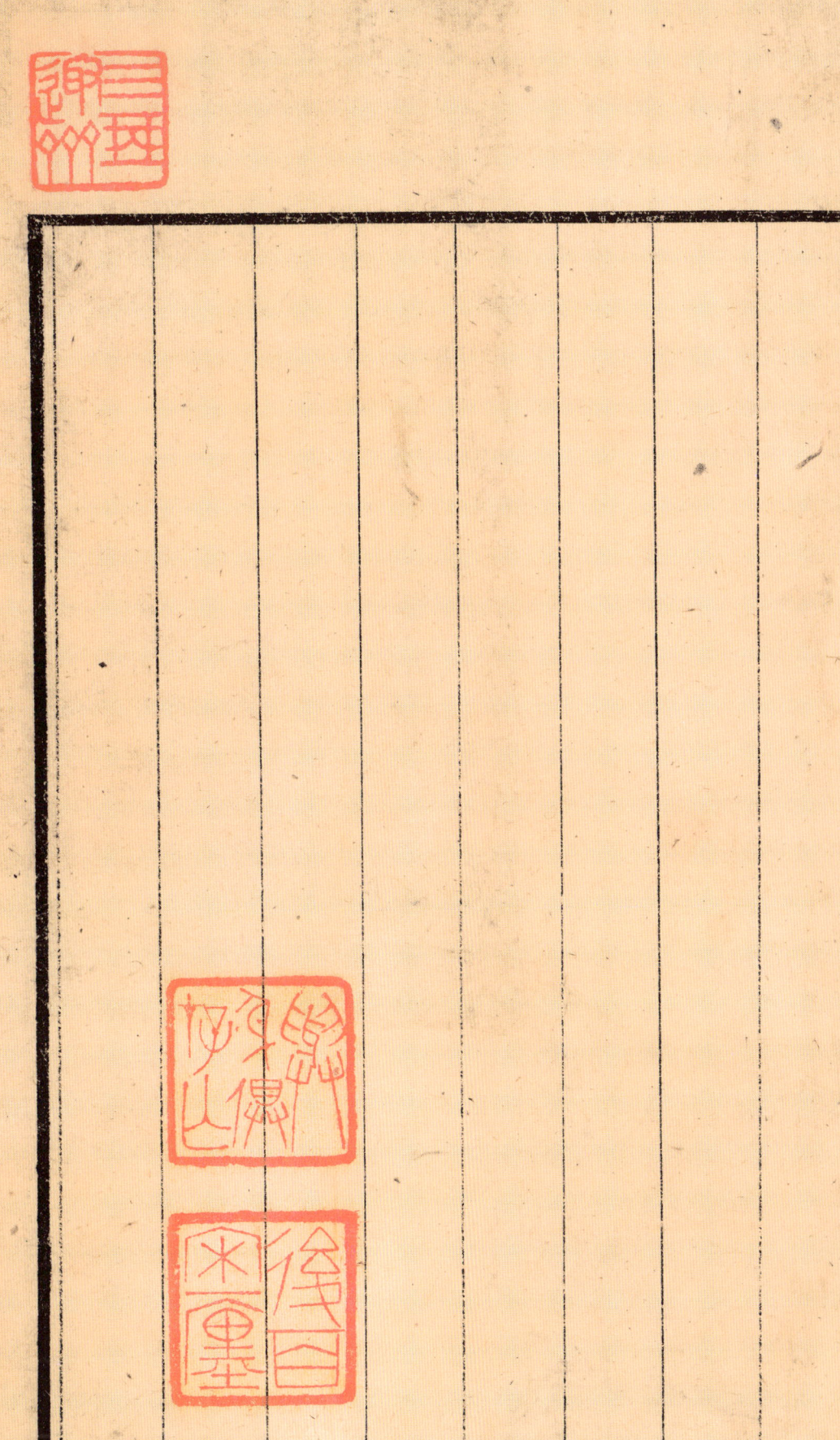

友林乙藁

四明史彌寧

青山

青山見我喜可掬我喜青山重盍簪石鼎
車聲煎玉乳竹罏雲縷試花沉三杯暖熱
淵明酒一曲淒清叔夜琴莫恠相看能冷
淡交游如此却情深

覓句

山院清吟雪作堆錦囊開口等詩來尚嫌
句裏欠平淡忍冷巡簷看老梅

客舍尾池

片石玲瓏水抱根巧栽松竹間蘭蓀怕人
觸弄魚兒活踈織筠籠護尾盆

讀杜詩

滿地干戈老厭逢酒杯詩卷託孤忠自從
風雅離騷後數到而今無此翁

東還

及瓜賸喜發南州納納春光銷客憂細麥風前藍袖舉新秧水面綠鋮浮行程又過山深處歸夢還尋天盡頭收拾懷鄉舊詩藁探先封寄與沙鷗

啼鵑

點撿園禽誰口多錯嫌百舌逞嘍囉春歸悵見難留駐攏掇元來却是他

曉望雲氣平凝前山遮盡僅餘翠峯數點因賦

障山可柰白雲何露出峯尖能幾多宛似羣僊粉墻外髻鬟歷歷見青螺

送伍啓之赴嚴陵比較務

又作中年別西征難強留挂颿衝雪浪懷牒董糟丘嚴瀨未爲遠陟雲良易收功名吾拭目老氣尚横秋

南湖靜寄

緜延南湖屋數椽鷗邊一壂許儂專小軒東面雲生樹曲檻前頭水接天餉客清風無盡藏可人明月不論錢愛閑闘取身頑健逸老祠旁理釣船

夏日小酌

招窻一粲俯晴川儘放薰風到酒邊小待夜深清月上藕花影裏撈漁船

火雲

酷甚驕陽似杜周火雲熘熘雨悠悠平疇龜兆何曾潤蒸得田夫汗轉流

寄歷英發

好在靈均幾葉孫棲遲何事尚衡門騷章憤世今誰寻忠槩傳家君獨存夜雨短檠能搰搰春風逸翮定軒軒有書難倩南征鴈巫水黔山勞夢寬

東湖泛舟

扁舟去穩似乘槎瞥眼輕鷗掠浪花絕愛陶公山盡處淡煙斜日幾漁家

詩鬚

薄劣東風性叵常欺人老去頓炎涼夜來解盡池塘凍不到詩鬚點檢霜

張氏溪館

景物自相授茅簷俯碧流鏡中雙鷺下畫

裏幾山秋日落誰横笛江寒獨倚樓有人過裴迪問是輞川不

春宵

角聲和月透牕紗鸛趐啼晴半樹鵶攪亂先生眠不得一庭春露濕梨花

醻黃雲夫用所寄詩卷中韻

詩編旅吾前火齊間木難讀書二十載鼎哉師阿瞞相斟𦒱正始可但黃初間想當

醉吟時意覺瀟湘寬吾廬切東溟遲子同
遐覿

寄雲夫

黔國相逢地蒼燈共夜篝雲龍念東野栢
馬歎之boundary鄣傳一分手河山再見秋交情
如繾綣不在寄書稠

維則庵追涼題月湖屛間詩後

淋漓醉墨灑屛間逖暑祇園闖一斑小阮

詩懷飽丘壑可無隻句餉江山

送鄔文伯

一丗鄔文伯三生鍾子期風流到尊俎醻
倡迭塤箎去棹趨蘭養来鞿趂菊時南湖
清鏡裏明日欠君詩

江亭晚思二首

風煙醻酢費吟牋剩句殘章尚滿前際晚
奚囊收未盡一時寄在白鷗邊

有底江鷗不耐煩月明連夜送詩還沙頭
接得重搜句推與儂忙渠倒閑

鄭中卿惠蝤蛑

客窻不作侯鯖夢隨分魚鰕薦一杯食指
恠生連夜動敲門郭索送詩來

埜塘秋鷺

玉立秋塘一振衣蝀肩莫是為尋詩近來
絶少元和樣島瘦郊寒渠得之

紫笑

芳苞暗解紫羅囊香殺東風一味狂試問
花神緣底笑笑他鸎蝶爲春忙

過臨江

嘉定有八禩三月哉生明史子脫吏鞅超
然若登瀛釃酒渡清江風颿引歸程僮奴
忽報我重客來相迎推篷驚且喜火急問
姓名云是遠近山江湖舊有聲各欲贄韻

語藉手論交情倒屣延見之驩甚如平生
近山屬思久竚立詩未成意者事工緻一
字百鍊精遠山得白易犇走隨東征頗似
誇儁捷攙先求獻呈頋予雖不敏嘗試與
子評自古文章士大率多相輕二君富丘
壑氣象俱崢嶸萬世所宗仰尹任夷之清
譬彼蘭與菊春媚或秋榮底用角遲速區
區尚爭衡端臺如奏雅迭和韶鈞鳴顧言

醻嘉惠託身與去齊盟扁舟劈箭飛懷抱
何由傾感子意勤拳寫作江上行

歸航

春岸移舟雪半消長年忍冷轉塘坳數轂
鵶軋催歸艣屬玉鶩飛上柳梢

即事

翠屏珠幌水沉烟日日春風醉筦絃得似
南湖老漁隱短蓑銅斗白鷗前

聞笛

卸帆沽酒荻花村水色天光淨不分霜月淒涼何許笛一聲吹裂洞庭雲

紅雪

金衣花裏囀春寒桃杏墻頭正耐看苦被東風愛裝景借些紅雪打闌干

舟中

西風吹上木欄船人訝令時李郭仙一抹

煙光粘遠樹十分山翠滴晴川夕陽半在寒鴉外秋色全歸過鴈邊縱有清詩費摹寫楮生為我喚龍眠

瞿簿示似中秋高作命意著語殆與商素爭清讀至人與月忘年之句不覺擊節借五言為韻賦詩答謝

飲月漱吟齒心事何輪囷醉舞影凌亂子

其謫僊人
老蟾挂青冥寒影墮秋渚流轂到楚澤千
古相溶與
露氣栗我膚棄捐掌中月高眼沒雲鴻澄
輝眇窮髮
天風來廣寒吹下雲錦裳雖無金錯刀緹
革余敢忘
歌子秋風疊誦子明月篇信有習鑿齒勝

讀書十年

按圖志去城而南有巖曰金紫昔蕭千巖擅一世詩聲乾道間嘗寓家郡之西湖意其必有題詠鑱之崖壁一日訪之則了無所睹方重爲此巖太息而别乘示似佳篇勉之著語以紀其勝賦五十六字

去城不隔五七里雲竇誰鑱能恠奇石屋

盡頭天鏬坼林柯缺處日光垂山禽上下
有餘樂僊鼠往來無勸時惜許千巖舊遊
所摩挲蘚壁久渠詩

題清湘管善甫青雲樓

湘山詩眼兩爭高醉墨淋浪濕斗杓說似
元龍徹欄楯恐妨縱武上曾霄

晴江觀鴨

鴨鴨新晴出翠蒲春江水暖乎相呼避人

深入蒼烟去莫是喬僊雙履無

啜茗

瞢騰午困嬾吟哦鼎沸槍旗不厭多戰退睡魔三十里安知門外有詩魔

秋蘭三絶

葉葉低垂翠帶長花清榦瘦吐微香西風劣相添寒色簇立蜻蜓凍欲僵

杜若江離汝弟兄楚騷經裏揔知名雖然

臭味略相似畢竟還他骨格清

砌蠟成花淺帶黃紫莖緑葉媚秋光不吟

尚自清羸甚怪得詩腰肖沈郎

簷滴

過雨秋簷不住聲敲盆滴砌帶詩清料渠

要學儂搜句旋疊平平仄仄平

陸放翁畫像

詩酒江南劒外身眼驚幻墨逼天真是誰

不道君無對世上元来更有人

評詩

籌量節物細評詩詩要天然莫強爲蛩韻

酸寒東野句鷺吟富貴小山詞

懷白石

秋堂風露夜沉沉賴有寒蛩伴苦吟詩句

未蒼人自老十年山水負知音

雙清樓賦水雲分韻得齋字

湘水衡雲畫軸開天將此本勘詩才我無
健句可題品包寄江西曾撙齋

題劉君鼎臣盤谷圖

崖壁開張半幅慳權名人見若爲顏那知
別有真丘壑不在區區紙上山

懷歸

全家索米又邊頭冷落南湖一鏡秋了却
眼前兒女債買蓑煙際伴閑鷗

荷恩堂 邵陽

不才只合老林丘也玷斑行也典刑慚愧
一家都飽暖　君恩海樣若爲醻

弔和靖

風林輥雪冷鷺鴉來弔孤山處士家只有
寒泉欠秋菊一杯聊復薦梅花

菊

癖好秋光勸不回揮金一麹買詩材寒花

也自矜前輩曾與紫桑（字如）保社來

萸

不入湘纍俎豆間也分半席綴詩壇杜陵
老眼明於鏡醉撚西風子細看

燕

管鮑交情已矣夫君看門上翟公書茅簷
不鄙頻來往叔末衣冠得似渠

寺中觀梅

慈尊宴坐衆香國環列毗耶彼上人老子
也揩凡肉眼來瞻清淨法王身

雲山詩境

天公收畫底論錢借與山人樣樣看雲巘
浮春晴障暖烟崖積雪曉屏寒平林淡抹
精神嫵小景橫陳氣象寬定自米家船上
買不然那淂許多般

鳩

著詩催得雨垂垂連累林鳩逐婦歸爲汝
賦晴休怨望自今已後免分飛

蛩蟹

聲作飢鳶吟未休蛩蟹鬬合賦清秋被他
聒得渾無句獨力難勝衆楚咻

和黃雲夫武攸見寄韻

詩名千古杜陵翁身不勝窮道不窮編簡
湛酣君有味江山彈壓我無功稱涼庭院

梧桐雨晚照陂塘蓼荻風如此秋光欠料
理故人緣底尚東蒙

大閲

擐甲邊城教即戎三軍錦繡曉光中影揺
濆水旌旗動聲震文山鼓角雄馬慣揮戈
翻塞雪鴈驚鳴鏑響天風十行忍負
君王意同向燕然勒雋功

次韻黄倅喜雨

喚起神龍澤楚鄉午天轉首失炎光惟生
未到秋深處早去有蕭蕭葉響廊

六亭為邵陽登覽之勝識其名於千巖之詩稔矣迺今僅存其一方欲次第尋訪已仍舊貫不謂薄領得我心之所同然春容大篇率先作倡而令君和章亦復繼至閱免賡酢用肩吾人相與祈成之意

晨光泣露華秋聲亂風葉翛然步中庭詩
瘦單衣怯塵銷玉宇淨西爽浮雙睫圍繞
簿書叢頗覺汗欲浹吏散仍心清窻泛鑪
香浥生平耆幽討此意若爲愜滄浪楚名
郡江澄山嵬嶫流派瀟湘分氣脉衡廬接
四序春無邊萬象光有曄閣東范寬手天
開畫屏摺怡融田埜問夫耕而婦饁林雞
鳴喈喈沙禽墮跕跕千里趨農桑渠肯事

游俠不晚刈黄雲腰鎌忙刼刼年豐多暇
時陳迹旋搜獵六亭僅一存感慨思足躡
訪古亟臨眺樂此忘疲苶騰身一柱峯顛
首百雉堞懷弍千巖翁騷壇耒易躐畫覽
五言城中宵勞夢蝶詞鋒摧泰華噃敢攖
其鋏有來二妙吟驪珠粲盈笈格律守蕭
規欲和可容輒荒園竚更新成趣期日涉
舊貫仍追還輪奐頓增燁繡谷酒一尊杏

罔琴三疊蒼雪清肺肝寒碧漱牙頰凌虛
及遐觀崇成賴謀叶廢興端有數鮮裳換
須捷公餘約遨嬉倘不負隨牒

僧窗

朝市駿駿走利名道人許樣不關情西窗
夢破梅花曉敲月數聲鍾磬清

賦鴈

雲慘胡天勸客程西風失喜到江城自傳

屬國書來後獵獵聲名動漢京

通守黃子説解印造朝之日江梅

輒花天其或者以相行色耶取風

人託物之義賦詩餞别致繾綣意

鵷毿霜明欺曉色一笑巡欄梅摘索犯寒

小隊出郊坰攀折南枝餞行客此客端的

梅樣清秋水爲神月爲魄瑤葩粲日耿林

園玉樹凌空挺標格懸知僊種出閬嶠分

得幽姿来楚澤蘼蕪蘅芷遜孤芳萬綠千
紅俱避席共惟别駕東閣郎戰退膏粱凜
冰蘗流傳好語到前村是誰不道君清白
手調金鼎外廟廊穩繼大門名烜赫竭来
淂此歲寒友氣味深長殊莫逆相期嚼蕊
吐瑰詞更擬浮香醉瓊液天飈吹起朝　玉
皇香案前頭頦咫尺回班爛熳賞西湖不
妨頻着孤山屐明朝風月半淒涼老我滄

浪尚萍迹滿城雉耋重相思江路攀轅畧
千百歸驄躅雪度關山有句先春寄來驛

登鴈峯

句揮毫手不停　鴈
旁觀偷筆法倉忙書破楚天青

溪橋

凍吟肩聳學劉乂癡坐山房井底蛙財過
溪橋風景別淡烟和月罩梅花

絶湖

一湖春淥萬山圍著我蘭舟自在飛老子
行藏有神助順風出去順風歸

讀楚騷

一蕊青鐙手自挑霜風木葉下亭皐篆香
銷盡寒灰塌細嚼梅花味楚騷

郡圃紅白蓮競放斐然短歌呈似
席間諸丈

東園水亭良佳哉紅白藕花前後開千機
織就雲錦叚萬玉琢成風露杯南隣女兒
學濃抹強嫌傳粉無豔色北隣女兒學澹
粧剛道施朱涴天質紅兒雪兒俱絕音安
用底苦相嘲嗤道人明眼付一笑綠尊嗅
客花前嬉

題湘西廖次高水南眞趣

買他磐石作比隣誰道風煙不屬君占斷

好山猶可在無端吞併一江雲

王令君惠示用少陵韻奉和

卲陵壁立三奇峯温泉雲山接長龍西北
谽谺幾崖谷煙霏深瑣文偃屋黄冠禱雨
躡瑶壇鏘然環珮松風寒阿香驅雷天地
轉靈虬激水瀟湘翻將迎鶴馭誰來往惻
惻勤民賢令長已欣一稔寛百憂更讀君
詩毛骨爽

題臨川晏子亶百花林

溪園歌筦日紛紛錦繡香中扶醉人斗酒
不嫌呼李白倩渠品藻一林春

寄慥齋弟

鷗鷺逢人問歸信三年作客負滄洲詩袍
醉帽黃埃底著見扶風馬少游

繡衣行送趙道中寺丞

東門祖帳何駢闐繡衣使者發汝川星軺

未遠竹坡側風采已馳梅領邊潢池帶刀
吾赤子威信憑渠半幅紙寸兵尺鐵曾不
煩坐令悔悟安田里化頑一日歸吾仁此
特細事胡足云頻年慘慘楚氛悪旱潦呼
天天莫聞民須粒食餅無粟非公誰拯溝
壑辱傾囷倒廩不遐遺十一州人均穀腹
安得天下使者心公心盡變愁歎爲謳吟
君不見鄉來使蜀韓忠獻起危饑民七百

萬又不見傅公擁節京西時獄訟不苛傳經典公今陰德能穹窒活人手段如兩翁于嗟活人手段如兩翁名位它日將無同

賦桂隱用王從周鎬韻

詩禪在在談風月未抵江西龍象窟爾來結習蓮社叢誰嬾超出行輩中我知桂隱傳衣處玄機參透涪仙句蕭蕭吟鬚天風吹有酒喚客斟酌之渠伊放浪眞達者詩

成醉臥清陰下只恐香名吹上天不容花
底長陶然

次韻陳慈明五絕句

幾年枉挂右丞圖未辦家山瓜芋區騎馬
紅塵歸計晚逢人囁囁話江湖

小春梅玉點煙村花信從今弟一番緣底
吟窻印踈影梢梢偃月破黃昏

南湖經兩綠瀰漫偏照詩人兩眼寒一笑

鷗邊時獨速吟魂飛不到愁端
買得湖陰數頃秋斬新窻戶俯清流了無
俗子溷人意況有青尊澆客愁
羨子尋詩盟未寒鼎來健句壓還還不妨
小緩丹霄步雨笠烟蓑伴我閑

次韻王令君禱雨用杜草堂韻

瘢眂吾所矜可忍浚膏血每事旣厭心其
敢憚煩胥旱魃偶搋栽慨念腸欲熱戔天

走羣望精神重澡雪一兩斗清涼炎歊隨
蕩滅多稼復如雲指日看秀結感通翻覆
手田里洗愁絶禱禜荷同寅肝膽無楚越

邵陽郡圃梅坡

綮玉梢頭出小亭忍寒索笑太清生楚山
活脫青屏樣影滑踈花分外明

和黃倅懷歸

鴈聲切切楚鄉來似喚秋光入酒杯好景

久人同歷覽歸程爲我小遲回一天風月
詩囊富千里江山畫軸開紙恐黃華謄未
了日邊丹檢已相催

題蕭氏竹坡

鮮碧緣坡古徑深夜牕風雨作龍吟自從
八葉傳芳後數到孫枝玉滿林

讀千巖續藁

詩老毫端別有春巖前草木也精神錦囊

留得靈犀在辟盡人閒俗子塵

丁丑歲中秋日劭農於城南得五

絶句

楚俗秋来也勸耕西風招我出郊坰此行
不負尋詩眼隊隊雲山擁畫屏
說似田家好著忙賸培宿麥接青黃定知
不落薰風後萬壠晴催鬻餅香
人事當先莫靠天蚤修陂堰貯清泉來年

未必晴明久萬一晴明𣺌得田
家家童穉笑迎門接得翁歸酒半醺鄰舍
相呼来屋裏聽翁解説勸農文
篴輿幸自到山南尚有清杯可共銜何似
更行三二里大家相伴看雲嵒

送武岡法曹江叔文

𪇆鳥噴曉金溶溶入簷漲帽梅花風寒香
喚我度籬落蹋破蘚碧巡芳叢彌襟清興

不可柰鼉雲渴想佳人同長須急走喘且
汗曰有重客過匆匆撐犂頗亦眷岑絕跫
音滿尉迯虛空出門一粲輒傾蓋巖電爛
爛鶩王戎長牋衡袖照屋壁明珠大貝來
龍宮建安昔者富奇士迄今代有文章公
兒童慣見此客否氣象盍求古人中翻恩
槐市出處異一官何幸俱湘東夜闌秉燭
浮大白欵接軟語春怡融公車薦墨行螢

動騰身穩去陪鴛鴻得時要不負所學鼎
鼎事業摩蒼穹平生琢句肯浪與持此餞
別令文通

靜吟

居官役役簿書間及到家山囷往還若欲
靜吟無俗累算來却是客中閑

小軒窠石

窓傍軒窻開小池巧安窠石俯清漪道人

不愛閑花草秖種絣蕉和水梔

和邵陽張茂才青蓮花韻

清標別是一家春風帽飄飄翠染勻貪向

波閒弄明月謫僊居士前身

昨夜羣僊宴十洲再三招我伴清游酒酣

忽跨長鯨去碧玉杯盤散不收

贈蘇道士

一卷麻衣易洗心絃琴山水是知音有時

槃礴晴窻下隨手雲煙噴曉林

雨中覔句

春鉏似厭覔詩材飛向溪心喚不回賴有
漁翁相尉蓆雨中撑得一篇來

過梅塢

此老曾襟玉雪清逃禪畫裏著茆亭箇般
雅淡須吾輩俗子何曾有半星

題它山善政侯廟

粲曉輕舠掠水飛趂閑來欵長官祠雲巒
著色四時畫石瀨有聲千古詩華黍幾沾
膏澤潤甘棠長起後人思渠伊不盡爲霖
意除却梅龍誰㝵知

竹所夜思

保社荒寒久主盟此君却解以詩鳴風牕
滿耳吟秋句比似儂詩渠更清

再次王宰翟簿喜雨聯句韻

旱魃重爲妖點雨如點血一念神所矜蜚
廉變騷屑靈螭卷天河千里洗祥熱二妙
喜欲顛飲豪賡白雪雲煙落溪藤傳玩幾
漫滅韓孟不可作吟社誰與結賴有飛鳬
僊鸞棲等超絕娛我清廟音熏𧇊聽䟽越

妙峯亭晚望

峭峯頂上著危亭四面山開雲錦屏穠淡
淺深多變態天公浪費幾丹青

次韻黃貳車三絶句

菩提坊裏著詩豪佳木繁陰暑易逃不用移文勸田駕箇中境界儘清高 對北山

我本無心山上山隨風聊復過滄灣等閑償了為霖願却斂神功紫翠間 雲

了却文書可是癡幅巾行散任風吹揮毫颯颯詩驚雨灑面蕭蕭雨送詩 喜雨

賦棲眞觀月季

荼䕫從吏訪棲真闖户蔦紅絶可人不逐
羣芳更代謝一生享用四時春

六亭

我不能如叔子登峴首名此山垂不朽
又不能如少陵登吹臺酒酣懷古曾崔嵬
但見穹崖翠阜清絶處變幻出奇不盡之
詩材邵陽城中景何好峻屏四面森圍繞
西南諸峯尤蔚然地接衡廬青未了天將

圖畫開湘堧雲木羅立呈鮮妍上有蟬聯
百雉之粉堞下有鱗差萬瓦之晴烟人指
山形似龍躍繡谷崢嶸露頭角遡觀捧出
頷底珠背負凌虛勢騰踔一爪突起扶杏
罔一爪盤踞蒼雪傍翅尾蜿蜒卷寒碧便
擬為霖蘇八荒老我躋攀興不淺醉吟拍
拍詩瓢滿秖言此樂與人同誰子眘山能
具眼

詩禪

詩家活法類禪機悟處工夫誰得知尋著
這些關捩子國風雅頌不難追

吟天

流水孤村三两家夕陽牛背載寒鴉扶笻
笑入梅花去箇様吟天嘉不嘉

東林雲上人見過

瘦藤十載別康廬五老山中安穩無霜後

詩禪来訪我爲言面目帶清臞

西風

幹了巖犀奔拒霜又催茱菊趁重陽白蘋紅蓼倉黃染冷笑西風有底忙

木犀

一段長長家寞秋著鞭芙菊尚包羞攙先飽綻黃金粟不落西風第二籌

壽藤伴我倚秋風老去無詩意轉慵只是

看花非覔句清香錯認惱沖龍

觀畫

江山梅竹好精神漁父畦丁也逼眞終是有些堪恨處畫中更欠著詩人

次鄔文伯城南夜歸韻

孤嶼清江落木天十分詩思滿歸船巖犀稇載香浮鼻一味書牕惱夜眠

送陳法曹文卿兼東松窻

幸無風雨窘重陽且喚龍丘倒菊觴麋樣
交情愁隔闊酒般歸興笑犇忙郎君足下
雲霄近阿母堂前日月長若見南閩舊同
社爲言詩鬢已蒼浪

偶述

農忻膏澤了春耕客免深泥阻去程日裏
放晴終夜雨天公兩下做人情

送蘇道士

七十臞僊鬢未秋肯來爲我說真休歸歟
恐負青山約跨鶴吹笙挽不留

懷歸

倚閣南湖一釣舟西風將夢到鄉州蛙蠅
名利苦多事薄有田園歸去休

訪孤山

曾把梅詩細品題逋僊去後可容追君看
疎影暗香句二百年來無此詩

霜柳

十分冬暖學春華嫋嫋垂楊映日斜一色
淡黃霜染就看来秖欠帶棲鴉

燈夕

東風㓷㓷趂芳辰調柳唆梅着處新翠筦
聲中千里月銀花影裏萬家春樓臺拚飲
夜不夜羅綺飄香人看人料擻吟懷歌樂
歲江山分外長精神

老境

老境尋詩一字無錦囊枵腹怨奚奴多君
俎豆庚桑子不省令吾非故吾

再入湖南境

我本人間有髮僧只堪林下續傳燈　君
恩強遣司民社千里江山笑不能

暑夕汎月次王令君韻

趂涼延客早待月放船遲河朔一尊酒湘

干六月時鸎喉翻白紵兎纈掃烏絲羨殺

王明府長城五字詩

吟社有如此終當讓一頭功名吾巳晚富

貴子何愁努力看書鼂倫閑且拍浮清游

未可負只尺荻花秋

無詩

合向青林岸幅巾却來閙裏著吟身竹君

門外私相語兩日無詩著殺人

周晦叔所宅之左一坡隐然而高
有竹萬箇架小軒於翠霧蒼雪閒
日彈琴讀書其下軒外鳴泉清駛
若與弦誦之聲相答愛其境勝爲
賦一絶
竹根碧澗落寒聲竹外雙溪抵鏡明滿袖
天風吟不徹坡頭直有許多清

天淨風平水不痕浮䕷帶雪繫籬根欺寒
酒興崢嶸甚又訪梅花過別村

書蘇道士江行圖後

叟也胷中天地寬雲烟袞袞出毫端如何
萬里經行處不費晴窻半日看
詩酒漂零自在身吴檣楚柂往來頻拂開
數匹臨川紙一一江山是故人
飄然雲鶴老江湖匠出煙波絶世無一見

昏眸爲渠豁半生空挂輞川圖

有惠廬山圖者

生平巖岫飽躋攀忽得雲巒挂壁閒不怕

老來無脚力閉門端坐看廬山

香澗老衲示似玉林首倡極道竹

溪宴月之樂玉林勉以屬和

長松翠竹拱晴波不飲其如月色何珎重

阿連能好事高軒携酒夜深過

孤令青蓮夂所親月邊和影是三人何如
洗醆溪光裏弟勸兄醻汎玉輪
琮上人以詩惠茶筍
解道碧雲句三生湯惠休試春輟鷹爪斸
雨餉猫頭夢境可容到饞涎那復流舌端
吾薦取倘不負珍投
又次韻楊梅三絶句
財到南村六月時纍纍紅紫玉低垂筠籠

送似露猶濕更費文郎七字詩
桃李漫山等俗流諸楊海是荔文儔當時
若貢長生殿又得眞妃笑點頭
釀蜜搓成絳雪團莫嫌風味欠儒酸此詩
此果君知麼一樣驪珠綮玉盤

和翟主簿

太史騷壇峙豫章詩豪角立壯顏行遺風
凛凛清人骨飛露娟娟灑我裳五字頣嶄

非應物一燈今幸屬仇香玉堂蚤晚須椽
筆快寫平生錦繡腸

催花

梅怨霜欺春未知商量著蕊尚遲疑戲將
詩句催花看催得花開轉費詩

看李成畫

巖壑蟠胷秦太虛輞川一見病全甦可愁
地僻無醫藥繞屋營丘山水圖

木犀重開

不見巖犀整一秋厭厭對我訴清愁公遶餘瀝何曾見兩度開花只暗投

曉發嚴瀨舟中和戴叔振韻

子陵灘下放船開老我經行知幾回別岸春鉏殊解事衝煙冉冉送詩來

丫頭巖

山前露立幾時休老大垂髫羞不羞與汝

雲冠別梳洗免教人喚作讀曰做丫頭

題兩巖丫頭月巖

月殿雙鬟整鏡臺俄然拂下玉梳來失驚

怕觸姮娥怒走奔人閙不敢回

新喻道上

翠分濃淡山開畫紅暈淺深花弄糚詩料

自來尋老子句成渾不費思量

和潘帳幹二首

洋洋雅頌幾遺篇删後求詩類一偏直下
謝陶能出手就中李杜亦差肩多君白好
堪呈佛老我時來未得僊兩地河山費遠
栩唫窻何日勘塵編
鐵研磨穿志未伸也叨朝蹟也臨民九關
猶記鈞天夢一舸重尋湘水春自笑裝懷
多空偬從知滿腹欠精神調高郢曲終難
和蓋殺歙歌籲後塵

次韻觀音寺訪木犀已過

金粟如來翠篠中天香飄墮梵王宮西風一帚無留跡印證浮生色是空

林園

情知天也眷詩人借與林園別様春竹影因風多態度梅花淂月更精神

炊烟

絲絲古柳網羅鴉拍拍平田鼓吹鼃不是

青烟出林杪得知山崦有人家

鷺鷥林

驛路逢梅香滿襟擕家又過鷺鷥林含風
野水琉璃軟沐雨春山翡翠深

閑居

山雲送我丹青幅花氣撩人蘭麝香詩債
幸然逢入務被渠催索又犇忙

嬾不作詩覺文房四友俱有慍色

謾賦

一毛不拔管城子冷眼相看石丈人急性陳玄楮居士未分皁白也生嗔

過櫧洲行散

羊腸歸路若爲程財過櫧洲掌樣平客舍籠煙炊早頓田家帶月唱春耕青林綠水畫千尺白鷺烏鳶棋一枰坐倦筍輿呼穉子野花逕裏說詩行

贈臨汝曾醫士

有客譚醫驚四座指下玄微應識破藥市
棲遲三十年安知不是伯休那

孤山

孤山數幅古名畫著在暗香疎影邊不是
逋僊有梅癖梅花清韻似逋僊

春莫同社會飲張園小樓分韻得
飛字

殘紅委地水平池楊柳陰陰鶯亂飛山色
滿樓新雨後一簾風絮卷春歸
參政宣獻樓公挽歌辭
欲知天意屬英竒端為斯文待發揮挺挺
魏譽祖風烈堂堂伏湛國光輝久參機政
儒臣貴未到公台物論違丹旐東風馬鞍
裊送車誰不淚襟衣
子公書問走輿臺公獨山林挽不回人道

旬瑜須徑去誰知李泌却重來傳芳謝砌
芝蘭粲在處膺門桃李開無媿可攻心事
好底教生死不榮哀
無邊膏馥丐儒林可但天台擲地金文不
琱鐫翻婉切詩如平淡實高深春風和氣
生毫末秋月華星爛古今所發由來關所
養丹青難狀晉公心
耆英續續闕重泉好在靈光獨巋然入侍

已成鴻鵠羽退休俄值白雞年傷心藏笈
書無恙盥手開緘墨尚鮮刮目相期良不
薄可無斗酒奠橋玄

庵居

倒影晴溪蘸碧峯庵居活計儘從容嬾能
著眼看時事相約梅花住過冬

伊誰

伊誰闖我小牕關偷却西樓一面山評語

白雲猜是汝秋風出意急追還

和叔振曉上梅坡小亭

巡欄詩袖漲寒香日炙南枝泫曉霜淨洗宮糚轉明潔恰如湯餅試何郎

六亭宴雪

雪天領客倚清狂戰退玄冥酒百缸柳絮輥風粘凍壁梨花撒雨響寒牕瓊田隱隱迷翹鷺玉砌狺狺走吠尨一稔明年寬萬

慮更催三白瑞濱江

喜閑

過眼光陰髮樣多幾年客路歎犇波已拋
南楚雲千嶂旋買東湖雨一蓑好景賸將
詩料理閑愁全靠酒消磨如今世事都看
破吟笑侯王夢蟻窠

紙帳

高臥羲皇萬慮空吟懷剥落杳無蹤恨渠

紙帳閑詩夢勾引梅卷攬一冬

十里

十里樵風自一村草庵挨拶小林園霜嚴古木正當路玉立晴峯新表門詩境銷磨閑日月醉鄉整頓別乾坤浮名浮利非吾願時把黃庭漱六根

再賦晏子直百花林

為報風流元獻家丁寧百卉駢春華儂歸

載酒溪園去一首詩吟一種花

溪流

誰障溪流貼岸邊若爲挽得上高田機筩卷起傾橫梘竪梘盛來水接連

弔湘纍

莫訝靈均苦費詞騷章炳炳日星垂身雖楚澤有遺恨名與湘流無盡期一笑底關漁父事此心惟有洛陽知是非付與羣鷗

判不上先生弔古詩

夜窻書事

一爐銀鐙兩架書十年伴我夜窻虛不因

見性明心後定自人呼作蠹魚

送鄔文伯歸侍臨川 二首

莫管東風歸路長但將綺句答春光候門

兒女應相訝滿袖離騷草木香

易學寥寥一綫然誰人口裏説先天近来

惟有朴齋老白首焚薌尚草玄

楚望

樓上詩聲繚屋梁樓前寒葉舞秋光明霞
點破莫江碧斷鴈叫羣鷥夕陽

邵陽界上同友人山行

杜宇聲中歷翠微澗泉决决瀉幽竒與君
笑入白雲去柱杖前頭儘是詩

醴陵道上飲別故人被酒困坐

興因賦

雞聲催起度江鄉病酒無憀客路長掩上轎窻無隻句著何面目見春光

山家

幽居罨翠微
盡日与雲依
自是塵寰遠
無人質是非

寒雲秘笈珍藏之印

史安卿詩集宋藝文志不著錄意當時出甲乙
稿合刻不止百七十首以乞募勵存賈人乃刮去跋
中數目字偽作損狀墨筆改填百七十首冀充完
帙又移跋作序遂不得不撤棄末葉跋者姓氏
年月都不得傳此固賈人之過亦自來藏書者斤斤
較量完缺有序無序之過也自覆本據填字上板頗
賦黃注又未聲言其源四庫而下如皕宋滂喜諸一
諸藏書家遂人人自以為得隋侯之珠其實二
百年來曾不見有與此填字歧異之本覆刻與黃

藏先後同此一帙恐海內更無第二本矣萬露復本

六朝貴中郎精慧可愛願吾 抱存慎勿揚言此事

令錢聽默儀駝子之流聞之又損卻無數美書也

乙卯白露後五日德化李盛鐸

洪憲元年二月十九日長沙章華儀徵陳延韡敬觀

華陽高世異敬觀

杞步翔芬吳興徐鴻寶敬觀

南陵徐世翔敬觀

百宋一廛賦中書予所藏惟此一帙今又於吳縣
顧氏家學揮麈錄三馬首有孫子瀟繪蕘
翁小像亦希世珍也今已滿百宋將作後百宋
賦以紀古緣近世經劫大舊籍僅存歲餘
蒐集精力交疲較之前人難易實殊而嗜之
深求之切此志當不讓前人丙辰三月十九日重遊
玉泉信宿山舍挑鐙展讀信手題記寒雲

百宋賦中書此於湘南又獲棚本魚玄機詩一冊題詠琳琅爲
予藏百宋一廛遺書之冠見晁氏讀書志有友林詩藁二卷前猶有
黃蕘圃說曾于
序二首雖未言有跋錢 稜徵師謂務跋作序信而徵也
丁巳元旦寒雲記於上海後百宋一廛時年二十又八
史彌寧字安卿嘉定中以國子舍生之石遷春坊事帶閣門
宣贊舍人知鄂陽此書爲史氏家刻故寧字缺末筆一詩

百宋一廛賦中書予所藏惟此一帙今又於吳縣
顧氏家見揮麈錄三与首有孫子瀟繪蕘
翁小像亦希世珍也今已滿百宋將作後百宋
賦以紀古緣近世經劫火舊籍僅存歲餘
蒐集精力交瘁較之前人難易實殊而嗜之
深求之切此志當不讓前人丙辰三月十九日重遊
玉泉信宿山舍挑鐙展讀信手題記寒雲

百宋賦中書目比於湘南又獲棚本魚玄機詩一冊題詠琳琅為
予藏百宋廛遺書之冠晁氏讀書志有友林詩藁二卷前首有
黃蕘圃說曾于
序二首雖未言有跋棧　蕘徵師謂移跋作序信而徵也
丁巳元旦寒雲記於上海後百宋一廛時年二十又八
史弥寧字安卿嘉定中以國子倉生之爲詩兼春坊事帶閣門
宣贊舍人知鄂陽此書為史氏家刻故寧字缺末筆詩